KB251353

쉼

쉼

해 원
辭願 김유진

좋은땅

<u>프롤로그</u>

나는 삶을 소란스럽게 기록하지 않는다.
필요한 말만 남기고, 나머지는 흘려보낸다.

세상은 끝없이 흔들리지만
나는 흔들리는 것에서 본질을 건져 올린다.
누군가는 감정에 빠지고, 누군가는 외면한다.
나는 그 사이에서 의미만 골라 문장으로 만든다.

경험은 내게 상처가 아니라 자료다.
아픈 기억도, 지나간 인연도, 버텨낸 시간도
모두 한 줄의 언어로 정리된다.
감정은 소비하지 않고 작품으로 변환한다.

나는 크게 말하지 않는다.
대신 꾸준히 쓰고, 끝까지 만든다.
결과가 말하면 충분하기 때문이다.

내 글은 나를 설명하지 않는다.
단지 내가 지나온 길을 조용히 드러낼 뿐이다.

목차

108계단

그 많은 번뇌를 한 계단 한 계단 오르면서
버리고 싶었는데
세상을 살아가면서 너의 잘못과 나의 잘못이
어우러져 있음을 보게 된다

자비

진정한 용서와 이해가 무엇일까
잊는 것일까 아니면
생각이 나도 아무렇지 않은 것일까
나를 위로하는 자리인가

집착

다 집착이지
세상에 빈손으로 왔으면서
내 것이 어디에 있었던가
보내야 하는 마음을 잡고 있는 어리석음

고요

고요할 수 있을까
물이 흐르는데
바람이 부는데

빗방울

언제나 맺힌 이슬처럼 싱그러움을
간직할 수 있다면
맑음이 배어있는 너를 닮고 싶어

평온

마음의 평온함을 찾는 것이
하나씩 내 것을 내려놓는 것일까

평온

인연

인연의 다함은 다함이 아니라고
다시 걸어가는 걸음은
만물과 만남을 기다려 본다

인연

법도

쉼 · 19

법도를 안다면 무엇이 다를까
더 많이 포용해야 하는데
이제는 갈등만이 남았네

법도

보이는 것만이
전부가 아닌 것을 알기에
잔잔함에 물결치는 마음의 소리

마음의 소리

너는 어디에 있는가

마음이 어디에 있는가
생각은 어디에 있는가
잠시 다른 생각을 품어
다른 사람으로 살 수도 있는 것을

보시

나에게 무엇이 있을까
없음이 없음이 아니고
있음이 있음이 아니라면
무엇으로 나눠야 하는 것일까

평안함

평안함을 얻는다는 것은
감당해야 하는 것일까
찰나라는 시간과 함께
보내야 하는 것일까

찰나라는 순간

틀리고 맞는 것이 있을까
정하고 정하지 않는 것이 있을까
뫼비우스 띠처럼
운명의 수레바퀴처럼
정해진 생각이 없는 것을

운명의 수레바퀴

끌림은 매혹적인 성스러움
고정된 세계 속에 흔들리는
코스모스 안에 카오스
돌고 돌아가는 운명의 수레바퀴

운명의 수레바퀴

길

처음 걷는 길이 있을까
누군가 걸었던 길을 가는 것이고
누군가가 내가 걷던 길을
또 걸어가겠지

우지 마라

새야 새야 우지 마라
지나간 시간은 되돌아 올 수 없으니

담벼락

담을 만들지 않았다면
꽃길이 있거늘
애야 왜 담을 만들어서
타인과 너를 괴롭혀야만 하는 거니

담벼락

꽃마당

아이야 허락되어진다면
이 마당에서 너랑 놀아보고 싶구나
티 없이 맑은 너의 웃음을
다시 한 번 느껴보고 싶단다

꽃마당

사람과의 거리

궁금해지는 거리
사건의 지평선 너머 블랙홀처럼
짐작할 수 없는
다른 내가 될 수 있나

부담

쉼 · 31

감당할 만큼의 무게라고 했던가
감당하기 싫은 무게도 그럴까

하루의 삶

동편 이쪽에서 밝은 빛으로 떠오르는 태양은
서편 저쪽으로 검붉은 노을로 가라앉고
하루가 그렇게 시작되고
하루가 그렇게 끝이 나는 것을
수레바퀴에 매여 살아가는 하나의 십자가

시절인연

하늘에 구름이 흩어지는 것은
바람이 있어서일까
바람이 없다면 움직임이 존재하지 않는 걸까
헤어짐이 있어야 만남이 있지

너의 시선

바람이 바다 위를 지나가네
시작이 어디인지 끝이 어디인지
오고 가는 뫼비우스 띠처럼
바람 위에 시선이 멈춘다
무엇을 보고 있을까

삶이라는

바위에 붙어 피는 능소화가
모든 것을 받아들였을까
비바람과 눈보라를 겪으며
버릴 것은 버리고 살아온 것이겠지

자연스럽게

꽃이 지고 피어남이
흐르는 시간에 맞추어져 있는데
만물이 억지로 되는 것이 있을까
마음 또한 그리 두면 되는 것을

자아의 그림자

삶의 여정이 끝나지 않는
쉬어가려 짐을 내려놓고
나를 바라보는
또 하나의 자아의 그림자

바람

아직은 그 바람이 남았네
흐르는 시간 속에
멈추는 것이 있을까

바람

다름이 없다

만물이 어디서 나왔는가
같은 곳에서 나왔으면
차별이 없는 것을
나는 왜 잊어버리고
차별을 만드는 것일까

다름이 없다

흐르는 것 앞에서

물이 흐르듯 시간도 흐르고
모든 것이 흐름에 맞춰지겠지
이 흐름 가운데서
무엇을 할 수 있을까

인연

인연과 인연에 맞대어 있는 길
누구도 피할 수 없는 인연의 강가
찰나라는 순간까지 반복되는
시절인연

노을

지는 해가 아름다운 것은
찬란하게 하루의 삶을 마감한 것이고
다음 날 다른 해를 또 볼 것이다
우리는 어제 저녁 해가
오늘 다시 뜬다고 하겠지

안개

쉼 · 43

가리워진 것이 무엇일까
걷히고 나면 보일까

삶의 무게

옳고 그름이 무엇이든가
아무것도 아닌 것을
업에 따라서 지고 가는
무게가 다른 것이지

제자리

어느 것 하나 아쉽지 않은 것이 있을까
어느 것 하나 아름답지 않는 것이 있을까
꽃이 지고 피어남이
돌고 돌아 다시 제자리인

시간이라는

어느 것이든
바꿀 수 있는 흐름
어느 자리이든
변화되지 않는 것이 있을까

무상무념

무엇을 바라고 여기까지 왔는가
육체가 힘들어 아무생각도 할 수 없다
그래서 삶에 고행이 필요한 것인가
그로 인해 무상무념을 배우는 것인가

수행자

지리산 꼭대기 법계사
스님들 모습을 보았다
고행에 단련된 수행자
얼마나 더 단련이 되어야
번뇌의 그림자를 벗어날 수 있을까

내 안에 있었다

지혜를 얻으려 노력했었다
그 또한 하나의 번뇌임을
이루고자 하는 욕심의 한 부분임을
내 안에서 찾는 것이지

물길은 그래

흐르는 물이 작은 돌멩이에
흐르는 물이 바위에 다가와 흩어지지만
물길을 거역하지 못하고 모여서 다시 흐르네

살아가는 동안

살아가는 동안 나오는 몇 갈래의 길
선택의 순간에 주저하는 것은
그 길을 가면 돌아올 수 없는 길이기에
시행착오 끝에 만난 길
다시 찾아오는 선택의 순간

살아가는 동안

번뇌의 그림자

흐르는 물처럼 살 수 없을까
흐르는 것에도 번뇌가 있을까

해탈

해탈이 잊는 거라고
버려진 기억을 주워 담아
또다시 번뇌에 집착하는 어리석음
꽃도 질 때는 필 것을 생각 못 할까

무엇이든

무엇이든 있는 그대로 봐 주면 되는데
자기 생각을 보태서 말하니 오해가 생기지

무엇이든

자아

쉼 · 55

마음의 쓰임
깊은 성찰을 통해서
자아와 마주한다
무엇을 원하는 거니

기억의 고리

마음의 평화는
기억의 고리를 끊어내야 하는 것일까
꽃이 피고 지는 것이 새로운 것처럼

계절의 변화

쉼 · 57

시간의 흐름을 계절의 변화를
지나간 것은 다시 만난다는 시절인연

계절의 변화

그 길에

찰나라는 순간도
잠시라는 시간도
반복되어 돌아오는
그 길에 시선이 잠시 멈춘다

마음

마음이란 것이
내 마음대로 될 수 있다면
모든 것을
그러려니 하며 보낼 텐데

흐르는 물이

흐르는 물이 시간이 지나치는
너그럽고 자비로운 마음을 지킬 수 있다면

마음 공부

매번 마음을 잡아두지만
어느 기억에 머물러 있는
생각을 다시 보내는 것은
마음 공부가 필요하다

다음 생

연꽃이 피었다 진 자리
진흙탕에서 꽃을 피우려
다음 생을 기다린다

만물의 질서

사람 살아가는 곳에도
만물의 질서가 있는 것이다

만물의 질서

인연법 1

바람이 부는 대로 살아가는 것이 아니라
그 가운데 나를 바로잡고 살아가는 것이지

인연법 2

쉼 · 65

아차 하는 사이
내 마음이 바람 따라가버리면
내 몸도 따라가리니
다독이며 마음을 지키는 일

인연법 3

지혜와 어리석음 사이에서
깨달음과 무지함 사이에서
무엇을 알고 난 후 바람에 흔들리는 것은
아무것도 아닌 것이 아니다

인연법 4

무성하게 자라난 나뭇가지이기를
뿌리 깊은 큰 나무가 되어
흔들림이 없는 기둥이 되어 있기를

인연법 5

세상에 잠시 와서 스치운 인연들인 것을
인연법에 매여 요동치는 내 마음은
언제쯤 뿌리 깊은 나무가 되어있을까

해후

한철 지나면
열매로 맺혀질 꽃들이 떨어진다
얼마나 더 지나면 다시 태어날까

우리 삶

푸른 하늘과 자연의 이치
무엇이든 피어나면 지고 다시 태어나고
우리 삶도 운명의 수레바퀴 위에서
자유로울 수는 없겠지

업

자세히 보면 보이는 것이 있다
나무에 걸린 구름처럼
무심히 한 말이라도
타인을 아프게 한 적이 없는지

스치는 인연

창공은 나에게 맑게 살라고 하네
세상과 어울리며 살아가는 일이기에
마음이 어디에 있는가
잠시 스치며 지나가는 것인데
무엇이든 집착하는 마음을 내려놔야지

멈춤

쉼 · 73

앉아서 바라보는
비 내리는 사찰
무엇을 담을까라는
생각조차 멈추는 자리

마음 비우기

무엇이든 마음먹기에 다르지만
무엇이든 마음을 다스리기는 어렵다
잠시 모든 생각을 접고

마음의 짐

한 걸음 한 걸음 올라가는 길
모든 번뇌를
마음의 짐을 잠시 내려놓고

인연의 오고 감

인연 따라왔다가
인연 따라가는 것을
무엇으로 남고자 했는가

삶

삶의 여유로움
그리고
마음을 다스리는 일

매여있다는 것

마음이 잔잔한 바람으로 다가온다
세상에 살아가는 무엇인들
매여있지 않는 것이 있을까

흐름

살아가는 동안
멈추는 것이 있을까
바람이 구름이 그러하고
인연 따라왔다가 가는
인생도 그러하리라

감사함

나의 오늘에 감사하며
모든 부정적인 마음을 내려놓고
크게 호흡한다
마음이 정화되길

감사함

길을 걸으며

누군가 걸었을 이 길
삶을 나눌 친구 하나
인연의 수레바퀴에서
잠시 내려
쉬어간들 어떠한가

지나가리

바람에 흔들린다
겨울바람에
고개를 돌리는 듯
이 또한 지나가리

물결

마음의 평안함을
물처럼 고요하게
그 안에 비친 모습
바람에 흔들리는 물결

기억 속

지나온 일들은 추억을 만들고
보고픈 이를 그리워하게 하고
기다림을 알게 하네

기억 속

괜찮아

바람이 지나가며 말을 하네
지나간 일은 놓아주라고
잠시 멈추는 자리
괜찮아 잠시 쉬어도

괜찮아

카르마

꽃이 지고 피는 까닭이
흐름이라면
꽃 질 때 생각해서 피어날 때
인연을 소중히 여길까

마음에

쉼 · 87

마음에 이는 바람을
겨울바람에게 보낸다
잠잠하길 바라며

마음에

쉼

잠시 쉼을 얻어보려
의자 위에 앉았네
눈 위 자국
인생 여정에 남아있는 그림자

지난 기억

삶의 언저리에서 자리 잡은
마음 깊은 곳에서 찾아오는 지난 기억들
모두 시간이 지나듯 지나쳐야지

지난 기억

집착

욕심을 내어서 가질 수 있다면
욕심을 내어 볼 텐데
집착이 될까 그 마음 내려놓네

마음의 평안

시간이 지나면 해결되겠지가 아닌
미워하는 마음이 없기를
용서라는 너그러움이 편해지기를
이해하는 넓어짐이 다가오기를

인생의 무게

삶의 모습이 제각각이듯
지고 가는 무게 또한 다르겠지

인생길

한 번 왔다가 가는 인생길에
담아 둘 것이 무엇인가

인생길

한숨

하늘을 보며 한숨을 쉰다
내 뜻대로 내 삶이 살아지던가
물 흐르듯 살아가는 것이지

무쏘의 뿔처럼

무쏘의 뿔처럼 혼자서 가라
나를 의지하고 나를 믿고 가야지

무쏘의 뿔처럼

진심

흔들림 없는 의지가 있기를
마음을 담은 눈물이 있기를

내려놓음

세상을 살아가며
바람 아닌 것이 있을까
눈물 아닌 것이 있을까
무엇을 기대하고 무엇을 바라보고
무엇들 아쉬워하고 무엇을 기다리나

선택

하나가 시작하면
하나를 버려야 하듯
선택의 길목에 서있네

타인의 시선

달빛 그리듯
몽유병 환자처럼
나는 모르고 타인들은 아는 나

지금이란

지금이란
언제나 다가오는 찰나라는 순간
무엇을 위해
누구를 위해 살아가고 있는지

지금이란

윤회의 시간

알트제링가(태초의 시간)
만남이 헤어짐이 반복되는
어느 한 순간이
태초의 시간으로 회귀된다

윤회의 시간

어디로

어디로 가는 중일까
마음조차 느껴지지 않을
골디락스 영역

마음 또한

흐르고 있다
멈춤이 없는 것이 무엇일까
마음 또한 멈춤이 없는 것을

마음 또한

또 다른 자아

인드라망처럼
다가오는 거울
인연마다 다름을
또 다른 자아를 만난다

다시 시작되는

하나의 코가 이어지고 이어지는
끝없는 시간
새롭게 시작되고 있는 알트제링가

하루를 보내며

하루가 매일 지나가는 지금
저 멀리 넘어오는 인연의 한 자락
길고 긴 시간 위에 수를 놓는다

삶은 잠시 머물고

언제나 찰나라는 순간
삶은 잠시 머물다 가고

선문답

평온한 움직임이 잔잔한
바라봄의 선문답

바람이

바람이 오는 길을 보았다
흔적을 남기고
가는 소리를 들었다
오고가는 인연이 그러한 것을

바람이

흐린 하늘 위

흐린 하늘 위 카오스 안에 코스모스
그리고 이그드라실의 비밀

선입견

만남이 자유로울 수 있을까
수많은 시행착오 후에 생긴 선입견

삶의 한 조각

삶의 한 조각 조각이
지나간 기억들 위에
쌓이며 지워지며

일어나는 바람을

쉼 · 113

일어나는 바람을 잠재우며
살아가는 일에
평안하길 바라며

일어나는 바람을

계절이

계절이 머물다 간 자리
바람이 잠시 왔다가
다른 계절을 맞이하네

가끔은

가끔은 시간이 멈추는 것을 느낀다
아무것도 존재하지 않는
그러나 가득 차 있는 무의식의 영역

혼자만의 시간

타인은 모르는 나만의 기억
기억은 언제나 과거에 존재했다

혼자만의 시간

시간을

시간을 엮는 것은 무엇일까
삶 속에 채워지고 있는 것
보이는 것으로
보이지 않는 것을 생각해 내고

시간을

바닷바람이

바닷바람이
하늘에서 내려온다
하나의 시간이 끝나면
또 하나의 지금이 다가오고
지나는 바람이 가져가는

오랫동안

오랫동안 묵은 기억은
원형의 그림자를 드리우고
잠시 멈추게 한다

덜어내야

덜어내야 하는가
마음의 무게를
끊임없는 자아와 갈등
내려놓음이란 무엇일까

가을은

가을은 결실이 있어야 하는 계절
삶에도 가을이 있어
맺어야 하는 것이
인연만은 아닐 텐데

사건의 지평선

사건의 지평선 너머
그곳에 서있으면
블랙홀 안으로 들어간다
또 하나의 세상을 그린다

운명의 수레바퀴

운명의 수레바퀴는
멈추지 않고
얽힌 인연들은
헤어지고 만나는 일이
반복되고

처음이란

처음이란 언제나 서투르다
처음이 있었으니
지금의 내가 있는 것이지

그 끝에는

그 끝에는 무엇이 있을까
살아온 세월의 평판이
원형의 그림자로 채워지고

그 끝에는

타인의 시선이

타인의 시선이 그곳에 있었다고
그렇게 스쳐 지나면 되는 것을
조금 더 무심해지는 연습

자아를 향한

자아를 향한 그림자
끝없는 여행에 잠시 쉼
원형의 미로에 빠지기 전

마음에

마음에 그려본다
고요한 가운데
잔잔하게 이는 물결
대지 위를 조용히 지나는 바람

하나의 끝이

하나의 끝이 보이기 시작하면
하나의 시작이 보이는 자리
흐름은 찰나라는 시간에
쉬어가는 것인가

잔잔한 물결의

잔잔한 물결의 움직임
작은 바람이 마음에 일어난다
살아있다는 것은
무엇인가를 해야 하는 과정

잔잔한 물결의

페르소나

페르소나에 갇혀
지나가는 것처럼
한순간인 것을
자아는 어디에 있을까

바람이

바람이 불어온다
흔들리는 나뭇잎
흩어지는 구름
바람을 따라가는 걸음

고요한 가운데

고요한 가운데
작은 물결이 일어난다
잠시 짐을 내려놓고
물결을 바라본다

찾고자 하면

찾고자 하면 멀리 가고
무심히 두면 다가오는
삶은 잡으려 하는 것이 아니라
바람이 불어오고
바람이 가는 것처럼
바라보면 되는 것을

고요하게

고요하게 다가오는 시간
나만의 창가에서 잠시 쉼

살아가는

살아가는 일이라 했어
무엇이든
담담하게 받아들이는

하나의 삶

하나의 삶이 다가오면
하나의 삶이 멀어지는
모든 것에 만족하며
살아가는 일이 있을까

하나의 삶

시간은

시간은 지나가고
공간은 변화되고
인연들의 약속도 그러할까

나를 위해서

나를 위해서 한 일이
무엇이냐고 물으셨지
세상이 존재하는 것은
내가 숨을 쉬고 있어서인데

나를 위해서

조금만

조금만 더 천천히
조금만 더 여유롭게
조금만 더 느슨하게
살아가는 일이 욕심이 되지 않게

무심

무심
잊는다는 것
그리고
새로운 일이 기억되어진다

알트제링가

쉼 · 142

알트제링가
끝없이 이어진 시간의 흔적
내가 네가 되는 또 하나의 자아

만남이

만남이 기다리는 자리
그가 누구든
감당해야 하는 인연의 카테고리

소리 없이

소리 없이 왔다가
잠시 가만 가만 머물고
조용히 가버리는 바람처럼
우리의 삶도 한순간인 것을

하루의 삶이

하루의 삶이 반복되는
누구에게나 있는 마음
누구나 누릴 수 있는 소소한 행복
선택 장애에서 망설임

하루의 삶이

사람 살아가는 곳

사람 살아가는 곳 어디에나
사연 없는 곳이 있을까

어제는

어제는 돌아오지 않을 강
오늘은 내일의 또 다른 이름
흐름은 윤회의 그림자

어제는

인연의 거리

인연과 인연의 거리
만남이 정해지는 자리
인연이라 말하고 삶이라 표현한다

삶은

쉼 · 149

삶은 빛이 비추는 곳
오늘이라는 삶을 살아야지

삶은

너는

너는 무엇으로 태어나
어떤 의미이고 싶은가

알트제링가 2

알트제링가
숨죽이며 다가오는
시간의 굴곡

끝이 아니었어

끝이 아니었어
다시라는 말도 아니었어
마음먹기에 달라지는 거지

살아있다는 것

살아있다는 것
숨 쉰다는 것
그것이 존재의 이유지

살아있다는 것

지금은

너는 무엇으로 살아가는가
살아온 걸음이
그림자 되어 남아있고
다가오는 것은 모호하고
지금은 찰나처럼 지나는데

멈춤의 순간은 끝이 아니라
스스로에게 되돌아가는 시작입니다.
이 책의 조용한 문장들이 당신 안의 깊은 자리와
마주하는 길을 잠시 밝혀주었기를 바랍니다.
그리고 언젠가 다시 멈추어 설 때,
당신은 이미 더 단단한 자신을 발견하게 될 것입니다.
이 작은 페이지들 사이에서
당신의 마음이 잠시라도 쉬어갈 수 있었다면
흩어졌던 감정들이 천천히 하나로 모여드는 순간처럼,
당신의 하루도 부드럽게 이어지길 바랍니다.
오늘을 버티게 해준 이 고요함이
내일의 당신에게도 따뜻하게 머물기를.
저물어가는 빛 아래에서 마음속 작은 물결이 잠시 머뭅니다.
그 고요한 결을 따라 걷다 보면
우리는 어느새 자신에게 가까워집니다.

이 시집의 마지막 페이지가 당신의 하루에 남은
은은한 여운이 되길 바랍니다.

초판 1쇄 발행 2026년 3월 27일

지은이   김유진
펴낸이   이기봉
편집   좋은땅 편집팀
펴낸곳   도서출판 좋은땅
주소   서울특별시 마포구 양화로12길 26 지월드빌딩 (서교동 395-7)
전화   02)374-8616~7
팩스   02)374-8614
이메일   gworldbook@naver.com
홈페이지   www.g-world.co.kr

ISBN   979-11-388-5545-7 (03810)